KB042156

청진기 가라사대

시작시인선 0266 청진기 가라사대

1판 1쇄 펴낸날 2018년 7월 16일
지은이 김연종
펴낸이 이재무
책임편집 박은정
편집디자인 민성돈, 장덕진
펴낸곳 (주)천년의시작
등록번호 제301-2012-033호
등록일자 2006년 1월 10일
주소 (04618) 서울시 중구 동호로27길 30, 413호(묵정동, 대학문화원)
전화 02-723-8668
팩스 02-723-8630
홈페이지 www.poempoem.com
이메일 poemsijak@hanmail.net

ⓒ김연종, 2018, printed in Seoul, Korea

ISBN 978-89-6021-329-6 04810
            978-89-6021-069-1 04810(세트)

값 9,000원

*이 책은 2018년 아르코문학창작기금의 수혜를 받아 발간되었습니다.

청진기 가라사대

김연종

천년의
시 작

의학의 현장이야말로
지난한 문학의 현장이다
문진과 청진은 신산한 삶의 언어이고
처방전은 진솔한 시詩의 언어이다
은유의 그늘에 가려 빛을 발할 순 없지만
황량한 벌판에서 외치는
그 현장의 목소리를
나는 계속해서 받아 적을 생각이다

차 례

시인의 말

제1부 상상 플루

병명이 없는 변명

아무도 그 병에 대해 알지 못했기에 누구든지 변명할 수 있었다 뚜렷한 징후가 없어 모두 다른 처방을 내놓았다 잘못 채워진 단추를 풀 생각은 하지 않았다 가장 아늑한 방법은 산소 결핍에 의한 나르코시스라고 제멋대로 해석했다 담벼락의 경고문을 힐끔거리며 가끔 몽롱한 상상을 했다 사라진 그림자의 행방을 수소문하던 의사가 유심히 자판을 들여다보기 시작했다

당신은 왜 불행한 그림자를 찾으려 하는가

자꾸만 침대의 머리를 거꾸로 돌리려 하는가

이미 잠든 그림자를 깨워 수면제를 먹이려 하는가

죽고 사는 일을 술 끊는 일처럼 반복하려 하는가

중독에 빠진 그림자를 구름 속으로 밀어 넣었다 하루 치의 운명을 잘 말려 담장에 내걸었다 허공에 떠도는 소문이 빨래처럼 펄럭였다 구름에 가려 보이지 않던 증상이 퍼즐처럼 풀렸다 사라진 그림자의 행방을 다시 수소문했다 아무도 그 병에 대해 알지 못했기에 누구든지 변명할 수 있었다

상상 플루

지카 바이러스 유행 지역을 검색하다가
머리통의 사이즈가 줄어들었다
소두小頭증을 앓고 있는 뱀처럼

메르스 전파 경로를 따라가다가
신열을 앓던 시절로 되돌아갔다
쌍봉낙타의 등허리처럼

발열의 발원지를 찾아 대륙을 떠돌던
일주일 혹은 열흘

너에 대한 상상만으로 목이 붓고 식은땀이 흐른다

변종을 꿈꾸는 바이러스를 초대하여
플루 파티를 열고 싶은 날의 오후

뼛속 깊은 우울증이 나비처럼 펄럭일까 두려워
두꺼운 내복을 껴입은 채 마우스를 끌어안는다
초대받지 못한 바이러스들이 내 몸에 오지랖을 새겨 넣는다

문밖에 버려진 신문처럼 헐렁하게 지나가는 바람이었으면

Vertigo

건망증이 심해 신神을 어디에 벗어 놓았는지 헷갈려요 양복 윗주머니에 고이 간직했던 우울과 몽상을 분리해 붉은 우체통에 살처분했어요 낡은 신발을 정리하고 나서도 신의 빛깔은 기억나지 않아요

바늘귀를 통과한 달팽이가 서서히 내 몸을 비틀어요 나는 눈을 뜨지도 못한 채 바람의 안테나에 시동을 걸어요 귓등은 붓지 않았고 고막 속에 깊이 새겨진 기억들만 서걱거려요

붉은 노을을 잠시 바라보았을 뿐인데 석양은 머리를 풀어 헤친 채 허공을 묶고 있어요 새벽달이 임종을 고하는 동안 부지런한 수탉은 천국을 노래하고요 아직까지 편의점에 도달하지 못한 병아리들이 귀를 틀어막고 거리로 뛰쳐나와요

귀울림을 치료해 줄 의사가 모닝콜을 들을 수 있을까요 모가지를 비틀어도 새벽은 온다는데 새벽까지 문을 연 약국이 있기는 할까요 수취인 불명의 맨발은 여전히 신발장을 헤매는데 누가 나에게 반짝이는 신神을 찾아줄까요

가면 우울증

눈 속에 바다가 고여있다 연민에 빠진 말들이 심장까지 흘러가지 못하고 하지정맥류처럼 부풀어 올랐다 거친 호흡 음과 심 잡음은 여전히 노이즈 마케팅으로 활용하고 있다

센티멘털과 멜랑콜리를 극복하지 못해 사유의 연하곤란 증을 겪고 있다 초기 치매와 중증 건망증을 감별하느라 거 미줄처럼 얽힌 기억의 행간에서 꼼짝 못 하고 서 있다

정직한 성욕은 식욕 같다 유월의 밤꽃에서 막 지은 밥 냄새가 난다 덜 익은 과일만 따 먹는 식습관 때문에 생존에 지장 없는 아마존 긴코원숭이의 후각은 아직도 유효하다

치료를 포기한 의사의 위로 한마디에 다시 용기를 얻었다 조화에 물을 주는 심정으로 가만히 손을 내밀었다 뜨거운 입맞춤으로 시들어가는 이파리의 촉감을 재생하고 싶었다

이미 죽은 그림자가 갓 태어난 목소리로 속삭였다

까맣게 죽어가는 바나나의 속내는 여전히 달콤한가요 온전히 껍질을 벗기기만 하면 고통스런 야생의 기억은 바람

의 속살처럼 부드러워질까요 당신의 검은 입은 아직도 살

아 숨 쉬나요

사소한 징후들

열쇠 구멍에 눈알을 쑤셔 박았다

청진기로 비밀 금고를 엿보다가

편의점에 나온 모형 권총을 샀다

방아쇠는 이미 당겨졌고

노란 알약은 편두통의 과녁을 명중하지 못한다

동행하던 벼락 두통이 관자놀이까지 솟구친다

불면의 그림자가 천장에 박혀 있다

허기진 눈알이 나를 노려본다

은둔형 외톨이의 간식거리를 챙긴다

포만중추의 편집증이 나를 위무한다

잠복 중인 우울증이 사라졌다

자가 진단

그늘의 깊이를 가늠하지 않고 몸을 내던졌다 몸속 깊이 각인되어 쉽게 멍들고 더디게 회복되었다 토막 난 생각들이 노을처럼 타올랐다 불면의 날이 리모컨처럼 반복되었다 빈약한 사유는 비자금처럼 나를 위로했다 한 번도 가져본 적 없는 구원의 확신으로 짐승처럼 울부짖었다 미궁을 향해 무수히 방아쇠를 당겼지만 번번이 빗나갔다 내면의 가시들은 죽음 쪽으로만 가지를 뻗쳤다 부드러운 생선 가시가 자꾸 목에 걸렸다

문진問診

내 몸은 공갈빵처럼 부풀었어요
간교한 립스틱
발기한 비곗덩어리
낙태한 심장까지
수은온도계처럼 충혈된 욕망의 피톨들로 가득 찼어요
중독된 항문에 바리움을 넣고 물구나무서기를 해요
적당히 간이 밴 불안이 몸 밖으로 솟구쳐요
목에 두른 광기가 붉은 스카프처럼 펄럭여요

무녀처럼 몸을 떠는 그녀의 말을 간신히 받아 적었다

온통 지리밟인 유년으로부터 탈출하세요
당신은 스스로 상처받는 자신을 딛고 일어서야 합니다
걸어서 당도할 수 없는 생生의 밑바닥까지 행진하세요
뿌리째 뽑힌 짐승의 신음 소리도
알 수 없는 바람의 힘을 빌려 먼지처럼 휘날립니다
죽은 가지만으로 안락한 집을 지으려거든
감수성의 관자놀이에
방아쇠를 당기세요

내 정수리를 뚫고 지나가는
섬뜩한 칸나의 입술
확인 사살 같은

요요현상을 극복하지 못한 비만 클리닉에서
누와 악어의 눈물의 염분 농도 차이 분석

연구 목적

비만 처방을 받고 단기적 체중 감량에 성공하였으나 요요현상을 극복하지 못한 환자들의 고충에 관련한 인자를 분석코자 하였다

연구 방법

2013년 7월부터 2015년 6월까지 요요클리닉에서 BMI(체질량지수) 30 이상으로 진단받고 다이어트 처방을 받은 환자 108명을 대상으로 전향적 추적검사를 진행하였다

결과 및 분석

거울 속 차가운 시선이 급속하게 복부를 관통하다 배꼽시계는 한 번도 끼니를 놓치지 않았지만 포만중추는 여전히 공복의 두려움에 떨고 있다 심장의 잡음은 기름진 소음과 섞여 전혀 새로운 미각으로 재분류된다 짐승의 울음소리만으론 배고픔의 고통과 배설 후의 쾌감을 구별하지 못한다 자기공명의 영상은 누와 악어의 눈물에 대한 유사성과 차이점을 감별하지 못한다 인바디의 색깔만으로 히스테리성 폭식의 진앙지를 찾을 수 없다 비만 클리닉의 체지방 분석기는 장기적 스트레스에 대한 거식증과 폭식증의 반응 양상

을 분석하지 못한다

결론

겹겹이 쌓인 지방을 분해하기 위해서는 내면에 대한 분석기 도입이 시급하다

통증 클리닉

　몸의 태엽을 풀자 곳곳에서 바늘이 쏟아져 나왔다 대뇌 피질의 복잡한 회로에서 치아의 뿌리에서 심지어 존재하지 않는 자궁 내막에서도 태어났다

　타이레놀을 성경처럼 끼고 다니며 울부짖었다 강림하는 신神의 통로를 따라 새벽의 앰뷸런스가 도착했다 불행한 시곗바늘이 유혹의 시럽을 빨아 먹었다

　비틀거리는 천사에게 경배

　흘러내리는 적포도주에게 경배

　가시를 발라내지 못한 언어들이 살코기처럼 뒤엉켰다 움푹 팬 혓바늘은 감언이설로 지워지지 않았다 파열된 십자인대는 진통제로도 풀리지 않았다

　실타래를 풀기만 하면 낙타는 바늘구멍을 통과할 수 있을까 구부러진 못을 곧게 펴기만 하면 십자가의 고통은 말끔히 사라질까 텅 빈 모자를 조문하고 차고 있던 시계를 목에 걸었다

불면 클리닉

제풀에 목이 꺾인 마네킹
심장을 머리에 이고 다니는 바비 인형
의족을 신고 나비의 행방을 쫓는 스프린터
아직도 탯줄을 자르지 못하고 떨고 있는 미혼남
천국 아파트 열쇠를 목에 주렁주렁 걸고 다니는 독거노인

아무도 거들떠보지 않는 책장을 넘기다 쇠창살 같은 시詩의 행간에 걸려 꼼짝 못 하고 있다 감기지 않는 눈꺼풀로 죽은 문장에 밑줄을 긋는다 문사철의 스키드 마크에 뜨거운 피를 덧칠한다 병동을 이탈하여 검은 바다를 질주한다 먹물로 쓴 글씨를 바닷물에 적시면 사라진 기억이 되살아난다 실핏줄 같은 처방을 책갈피에 끼워 넣는다 바다에 빠진 달을 가루약처럼 물에 탄다 졸피뎀을 먹고 잠든 날은 수족관에 천 개의 달이 떠오른다

인턴 X

1

　심장을 도둑맞은 사내가 메뚜기처럼 헐떡거린다 알람 소리에 맞춰 가파른 혈관 벽을 오른다 발기한 새벽이 네온등을 깨운다 푸른 정맥처럼 솟구치던 입간판이 일순간에 스러진다 퉁퉁 불은 라면 가닥으로 텅 빈 아침을 채운다 일순간 무너진 옆구리에 흉관을 삽입한다 도미노의 시작과 끝은 한결같다 쓰러진 저녁을 성냥개비처럼 다시 쌓는다 마지막 알약을 털어 넣고 물타기를 시도한다 하얀 바리움이 만신창이의 하루를 위로한다 잠잘 때는 귀신 먹을 때는 걸신 일할 때는 등신, 차트를 움켜쥔 삼신三神이 조용히 수면 캡슐로 사라진다

2

그 X파일이 사라졌다
명문가 여식의 소파수술 내역도
미모 여배우의 프로포폴 투약 기록도
감쪽같이 사라졌다
병원 전체가 술렁거렸고
환자들은 불안에 떨기 시작했다
쏟아지는 알약처럼

소문은 전혀 다른 병을 만들어냈다
싱싱한 이파리는 미동도 하지 않는데
죽은 가지만 심하게 흔들렸다

누가 가위손을 가졌는지
누가 조막손을 가졌는지
끝끝내 입을 다문 채
그도 전지가위를 들기 시작했다

명의

　진료의뢰서를 가지고 도착했을 때 명의는 자리에 없었다 쪽지에 적힌 명패는 한참 후에 나타났다 문진을 하고 다시 진찰을 하자 새로운 병명이 나타났다 의사가 바뀌니 병명도 바뀌었다 어쩌다 이 지경이 되도록 방치했냐고 조금만 늦어도 큰일 날 뻔했다고 동네 의사와 똑같은 말을 했다 술 끊고 담배 끊고 스트레스 받지 않아야 된다고 어디선가 들었던 이야기를 앵무새처럼 반복했다 그대로 두면 죽을 수도 있다는 말에 수술동의서에 눈도장을 찍었다 그 병은 회복기에 더 위험하니 회복되기 전에 뿌리를 잘라야 한다고 했다 마음의 병을 도려낼 수 있냐고 묻고 싶었지만 입에서만 맴돌았다

　오랫동안 거룩하게 살았던 청진기는 급속히 성능을 잃어갔다 아직까지 마우스를 놓지 않았지만 펜티엄급 증상은 전혀 분석하지 못한다. 모세혈관처럼 얽혀버린 수포성 잡음은 세상의 먼지와 적당히 버무려져 예스맨의 안경처럼 흐려졌다 모니터에 비친 눈물의 농도로 슬픔의 질량을 측정할 수 없다 주름진 협곡을 샅샅이 뒤져도 버려진 양심을 찾을 수 없다 다크서클은 광대뼈까지 닿아있고 기름진 아랫배는 사타구니 계곡까지 흘러내렸다

무사히 수술을 마쳐 이제 안심해도 좋다고 말했다 원래
부터 그 병은 존재하지 않았지만 재발하지 못하도록 뿌리
를 잘라버렸다고 했다 촘촘히 잘 꿰매서 더 이상의 비명은
새 나갈 틈이 없지만 흩어진 구름들이 장대비를 만들 수도
있다고 기록했다 비와 눈물은 원래부터 한통속이라 도무지
구별할 수 없었다

제2부 슬픈 年代

눈먼 인형

지병이 도져 새장 같은 병상으로 되돌아간다 했다 귓속에
숨어 사는 달팽이처럼 눈을 뜨면 이명에 시달린다고
　　— 복용 중인 약이나 충실히 먹으라 했다

환청에 시달려 망치로 머리통을 깨부수고 싶다 했다 새
한 마리 머릿속으로 날아들어 밤마다 울어댄다고
　　— 퉁명스럽게 MRI나 찍어보라 했다

창문을 열지 않고도 피안과 통하는 노을로 날아간다 했다
마른 낙엽의 눈물을 닦고 별의 뒷모습을 간직하고 싶다고
　　— 바쁘다는 핑계로 서둘러 전화를 끊었다

소란과 그늘의 안부가 궁금할 즈음 그는 하늘 공원으로
거처를 옮겼다 눈먼 인형처럼 관절이 부러져 한 줌 재로 낙
하했다
　　— 불편한 날개의 기억을 허공에 뿌렸다

구의역 9-4

　그러니까 이건 익숙한 퍼즐이다 출근길 인파처럼 반복되는 스토리다 입안 가득 한기를 머금은 숟가락이다 영혼의 간식거리도 되지 못한 스크린도어 시들은 공허한 말장난만 되풀이하고 있다

　그러니까 너는 아무리 먹어도 배가 고픈 19세 소년일 뿐이다 밥알이 튀어나올 듯 바쁜 스케줄로 고장 난 아침을 수선한다 공구 가방에 담긴 나무젓가락이 거미줄에 걸린 너의 하루를 옥죄고 있다

　그러니까 네 운명은 팽목항 갈매기처럼 온종일 선로를 배회하는 일, 분명 레일은 2인 1조로 달리는데 너는 돌아갈 날개 한쪽이 사라졌다 뜯지 못한 컵라면이 쓸쓸한 주검처럼 게이트에 놓여 있다

　그러니까 가난은 순환열차처럼 그 자리로 되돌아온다 비정규직 노동자는 라면처럼 허리를 굽혔다 펴기를 반복한다 옆구리가 불어터지기를 기다리는 동안 아무런 기적도 울리지 않는다

그러니까 여긴 너와 내가 동시에 넘나드는 지옥문이다 노란 포스트잇으로 뒤덮인 네 무덤을 낙하산들이 주시하고 있다 가당찮은 날개를 도무지 이해할 수 없는 순환 구조를 구의역 4번 출구를

슬픈 年代

오래전

내 몸은 병들었다
홍역 끝에 바람이 들었고 바람 든 허파에 세균이 들었다
스트렙토마이신 주사를 맞으면 입안에 군침이 돌았다 박하
사탕 맛이라 상상했다 약골이란 별명이 그림자처럼 따라다
녔다 폐병이란 말보다 백배는 더 듣기 좋았다

얼마 전

조수석에 앉았다
실내 공기는 싸늘했다 허파에 들끓던 가래가 기어이 목
구멍까지 올라왔다 창문을 열고 가래침을 뱉었다 싱가포르
에서는 태형감이라고 운전석에 앉은 아내가 빈정댔다 폐를
앓았다는 병력은 여전히 비밀로 했다

어제는

새소리를 들었다
한동안 자취를 감추었던 딱따구리가 관자놀이를 쪼아댔

다 그렁거리는 소리만으로는 이명인지 천명인지 구별이 되
지 않았다 귀이개로 딱따구리를 몰아내고 솜뭉치로 귀를 틀
어막았다

오늘 새벽

책을 보았다
『숨결이 바람 될 때』를 읽다가 숨길이 갑갑해졌다 서른
여섯 젊은 의사의 죽음에서 기시감과 친근감이 동시에 들
었다 '행복한 외출이 되기를 그러나 다시는 돌아오지 않기
를' 죽음을 앞둔 프리다 칼로의 마지막 일기는 다른 책에
서 보았다

오전에

그녀가 왔다
옷을 바꿔 입고 싶다고 했다 둘만의 비밀이라고 새끼손
가락을 걸었다 평생 걸친 누더기를 제발 벗게 해달라고 부
탁했다 무릎을 꿇고 애원하는 구순 노파의 손을 꼭 쥐었다
생의 외피를 바꾸고 싶다는 그녀의 말이 진심으로 다가왔다

저녁에

모임에 참석했다
수다보다 고기 맛이 일품이었다 반주도 곁들였다 당뇨로
고생하는 친구가 인슐린 대체요법에 대해 토로했다 죽은 그
의 아내도 당뇨 합병증이라 했다 방 안에 쉰내가 진동했다
유효기간이 짧은 막걸리에 더 믿음이 갔다

내일도

세월은 변하지 않는다
물에서 막 건져 올린 시체가 누군가에 질질 끌려가고 있
다 죽어서도 썩지 못해 처참한 몰골이다 삼 년 만에 모습을
드러낸 세월에 물 빼기 작업이 진행 중이다 내 몸에서도 서
서히 물이 빠져나가고 있다

Hopeless

하얀 시트가 복수처럼 부풀어 있다 물에서 막 건져 올린 전망은 한결같이 배가 부르다 잔뜩 물 먹은 후에아 모습을 드러낸다 실 한 오라기 걸치지 않은 그림자가 수면 위를 맴돌다 사라졌다

블라인드를 들추자 난독의 문자들이 흘러내린다 오랜 세월 정착하지 못한 소문이 난장의 병실 여기저기를 떠돌아다닌다 헐렁한 사타구니 사이로 칼바람이 들어왔을 때 무심코 달력을 쳐다보았다

퉁퉁 부은 다리와 움푹 꺼진 치부 사이에 부드러운 카테터를 꽂았다 마지막 소식마저 붉디붉은 소변 줄에 쓸려 가버렸다 온몸을 난도질당하고도 붉은 눈만 깜박이는 랍스터처럼 긴 집게발로 돌아누웠다

계절마다 신발을 바꾸어 신어도 여전히 남루의 물결이 일렁였다 더는 물러설 곳이 없는 구두 한 짝 병든 고양이처럼 바닥에 납작 엎드려있다 치밀어 오르는 불안을 잠재우기 위해 부릅뜬 눈으로 장밋빛 거리를 걸었다

명품관棺

명품관에 들어갔네
명품만 고집하던 짝퉁이었네
명품 수족관의 금붕어처럼
명품 아가미는 자꾸만 부풀어 올랐네
명품 중독에 빠진 몸뚱어리에게
명품 직원은 꼭 맞는 상복을 골라주었네
명품 관 속에 스르르 빨려 들어가자
명품 직원은 꽝꽝꽝 못질을 했네
명품 뼈를 암나사 수나사로 고정하고
명품 단추를 채워주었네
명품관棺에 들어간 나는 비로소
명품 거울을 들여다보았네
명품의 나는 어디 가고
명품 외투 하나 어기적어기적
명품관을 서성이고 있었네

알바 천국

비록 명함 한 장 없지만 나는 숭고한 장의 보조사 죽음의 때밀이다

24시간 불이 꺼지지 않는 축제의 상가에서 오늘도 접시 닦이처럼 생의 거품을 닦는다 부음 가득한 진열장을 열어 먼지를 털어낸다 지상의 마지막 편의점 그 서늘한 침대에 한 목숨이 알몸으로 누워있다 조상들을 알현하기 전 먼지 같은 바코드를 지우려고 알바를 부른 것이다 대부분 묵묵부답이지만 잠깐 눈인사를 나눈다 조화 앞에서 두 손을 모으고 때때로 곡비가 되기도 한다 립서비스에 어떤 이별은 삼베 수의에 깊이 감추어둔 두둑한 팁까지 주면서 화답한다 이별이 빛날수록 알바 인심은 후하고 천국은 더욱 푸른 빛을 발한다

비록 명함 한 장 없지만 나는 알바 천국의 어엿한 직업인이다

전두엽 축제

아가페 요양원

불꽃놀이처럼 섬망이 찾아왔다
라디오가 유일한 벗인 그에게
아침마다 즐거운 환청이 배달된다
신발주머니 같은 스피커를 허리에 차고
구석구석 요양원을 생중계한다
몸속에 갇힌 믿음이 활활 타오르도록
삼시 세끼 성경을 필사한다
허물어진 기억에 못을 박아
스스로 예수라 부르기도 한다
기도 목록은 시시각각 변한다
아내와 자식의 이름이 사라지고
친지와 지인들의 안부도 삭제되었다
한 달에 한 번, 기껏해야 5분 만나는
요양원 의사를 목사님이라 부른다
예수와 목사는 만나자마자
각자의 길로 떠날 채비를 서두른다
서로 등을 두드리며 즐겁게 우는 법을 배운다
마침내 슬픔도 사라지고

우울감도 자취를 감추었다
기쁨으로 충만한 방언만
전두엽을 환하게 물들이고 있다

새터민 요양원

기억의 절반이 잘려 나갔지만
일없다고 했다
무너져 내린 등허리와
이미 두 동강 난 이데올로기를
나는 알츠하이머라 명명했고
요양보호사는 노망난 탈북자라 했다
쥐 오줌처럼 사그라진 요양원의 햇살이
찌부러진 태극 문양을 비추고 있었다
두 손으로 꼭 쥐고 있는 생존의 열망을
노파는 태.국.기. 라고 또박또박 발음했고
가끔 아바이 수령이라고도 했다
쓸쓸한 탈북의 혀로
아바이 수령을 외치다가
남조선 만세를 외치다가,

칠십 평생 동대문에서 삯바느질만 했다고 하다가
대동강을 거슬러 온 새터민이라고도 했다
어디가 아파 요양원에 왔냐고 묻자
일읎시요란 말만 되풀이했다
저 명랑한 혓바닥에서
갈기갈기 찢긴 이념의 플래카드가
인공기처럼 펄럭였다
고통은 사라지고 축제만 남은 전두엽은
여전히 대동강과 동대문 사이를 서성이고 있었다

설레는 피안

가벼워야 날 수 있다
뼛속까지 비워야 한다
항암의 캡슐마저 거부한 채
탕약 찌꺼기 같은 유방을 끝끝내 도려내지 않고
치렁치렁한 암세포를 봉분처럼 모시고 사는
새 한 마리
동그랗게 말린 등뼈를 퍼덕이고 있다

가벼워야 건널 수 있다
아직도 더 비워야 한다
등뼈 곧은 자들은 레테의 강을 건널 수 없다며
찌부러든 생生의 좌표를 뽕브라 속에 감추고
불치不治의 배 속을 또 비우고 있는
새 한 마리
달라붙은 등가죽을 토닥이고 있다

피안을 위해서는
날개가 필요하다

45

데스홀릭

입술과 항문과 성기가 없는 그곳으로 가면
술 마시지 않고도 잠들 수 있으리
촛농처럼 흘러내리는 고독을
한 줌 먼지로 방점 찍을 수 있으리
아직 내 몸을 빠져나가지 못한 맹독의 환상마저
알레르기 행진곡처럼
온몸을 붉게 물들이고 뇌 속까지 울려 퍼지리
퍼덕이는 아가미에서 미늘을 뽑고
밀랍된 고통의 타투를 말끔히 제거해
이카로스의 날갯짓 없이도
마음껏 하늘을 날 수 있으리
슬픔과 광기와 피 흘림이 없는 그곳으로 가면

주어진 글을 읽고 〈심리학적 부검〉을 위해 고통관리위원회
에서 내놓은 대책 중 자신의 처지에 비추어 가장 부합하는 경
우를 고르시오

1) 옥상으로 가는 모든 길을 차단한다 고층 아파트 주변
의 경계를 강화하고 두세 명씩 짝을 지어 번지점프대 앞을
서성거리는 여고생들을 집중 검문한다

2) 베르테르 효과를 차단하기 위해 모든 소설을 사전 검열한다 드라마, 영화에서 죽음의 장면을 삭제하고 자살 장면은 상영을 중지한다 조간신문의 부고란도 폐지한다

3) 펜션에서는 연탄과 화덕을 소지한 봉고차의 출입을 제한한다 청테이프와 청산가리도 압수 대상이다 허름한 주택가 골목에 하루 이상 방치된 차량의 동태를 파악한다

4) 권총과 커터 칼 압박 붕대 등의 판매를 제한한다 데드 캠프의 감시 카메라를 증편하고 모니터를 집중 감시 체제로 전환한다

자살토끼의 생환

수면제 과다 복용이
사인死因이 되는 시절이 있었다
동네 약국을 돌며 수면제를 사 모으면
토끼풀이 쌓이듯 마음이 차분해졌다
검은 머리 짐승을 더 이상 믿을 수 없어
가난한 장롱 속에 가쁜 숨소리를 처박아 두었다
사랑과 증오는 동색이고 그 대척점에
모든 색色을 관용하는 죽음이 존재한다고 굳게 믿었다
상처 난 노을을 한 자씩 오려 붙인 네 잎 클로버를
야금야금 뜯어 먹었다
알록달록한 토끼풀이 경구처럼 널브러져 있었다
동일 수법이 향이 짙게 묻어났다
흰색 털로 온몸을 위장했지만
눈알까지 물들이지 못했다
모든 속임수를 동원해도
어떤 감정은 마지막까지 복원할 수 없었다
첨단 감각을 동원하여 죽음을 연구하던 토끼가
결국 장롱을 박차고 나왔다

살인의 추억

　살인 미소를 지으며 지난날을 추억했어요 오로지 고통 없는 낙원을 위해 담담하게 작업을 수행하는 중이었죠 약물을 주입하면서도 눈 하나 깜짝하지 않았어요 말끔한 차림의 멀쩡한 눈웃음을 보고 프로파일러는 사이코패스의 염화미소라고 단정했어요 그렇게 용의주도한 내게도 등골이 오싹한 적이 딱 한 번 있었지요 눈을 감지 못하고 발버둥 치는 순한 눈동자를 미리 준비한 안락의자로 옮길 때였어요 작업시간이 경과하여 살짝 배가 고팠던지 한쪽 다리가 부들부들 떨리기 시작했어요 다시 말하지만 나는 전혀 떨지 않았는데 핸드폰이 심하게 울어대는 통에 바지 한 축이 진동했을 뿐이었어요 한 손으론 부릅뜬 눈을 감기고 또 한 손으로 통화 버튼을 눌렀죠 눈에 넣어도 안 아픈 딸이 말했어요 아빠 일하기 힘들 텐데 밥 먹고 해요 나는 허기진 정신을 챙겨 초롱초롱한 눈망울을 안심시켰어요 근데 목소리가 이상해요 아직도 감기 안 나았어요 아빠, 그제야 목에 걸린 십자가가 진동하기 시작했어요

네이키드 포스트잇

표류하는 감정들

눈을 뜨면 사라져버리는 달콤한 상상을 덕지덕지 붙여
놓았다
식량이 되지 못한 낱알들처럼

입단속은 문단속보다 어렵다
번호 키에 익숙한 손가락이 은밀한 자음과 부드러운 모
음을 자동 조합한다
시詩가 되지 못한 낱말들처럼

열쇠 꾸러미를 만지작거리며 시동을 켤까 냉장고 문을 열
까 망설이는 사이
눈썹달이 더욱 가늘어졌다

피가 돌지 않는 손톱에 사과 향기 진한 매니큐어를 바
른다
붉은 유혹을 덧칠하여 속마음을 감춘다
나는 들키지 않았고 너는 겨울 바다처럼 침묵했다

가수면 상태에서 꾼 꿈보다 가위 잠에 눌린 속마음이 더
선명하다
　떼어내려 할수록 거세게 속삭이는 밀어들
　내 몸은 더욱 투명해졌다

　거품 가득한 블러드 문이 욕조에 떠오른다
　딥키스에 가려진 뜨거운 혀를 보지 못했다

　패스워드를 열어 서로의 비밀을 알게 되었을 때
　너는 실망했고 나는 절실했다

　수없이 변명이 떠올랐지만
　마지막 엔터 키를 치지 못해
　파르르 떨고 있는 노란 손바닥들

청진기 가라사대

또 한고비 넘겼다고

클라이맥스 지나 맥시멈 리스크 지나 고요는 찾아온다 발작 후 수면처럼 길고양이는 굳게 입을 다물었다 구름의 균열을 틈타 아침 햇살이 창문 틈으로 잠입한다 블라인드는 스스로를 위로하는 시간 벌기일 뿐이다 수면제는 밤의 길이만 저만치 늘려 놓았다

조금만 늦었으면 큰일 날 뻔했다고

구조대는 정시에 도착했다 악몽이란 수돗물에 씻겨 내려간 소문에 불과하다 고독사는 그늘을 먹고 자란다고 단골의사처럼 투덜댔다 나쁜 습관을 문 밖에 내다 버리고 조석으로 햇볕의 양을 조금 더 늘렸다 강박처럼 손을 씻었지만 씻을 수 없는 고독이 무럭무럭 자랐다

더는 가망이 없다고

개장과 동시에 문을 닫았다 테이블 데스를 피한 것만도 천만다행이었다 깨진 접시로 복이 들어온다는 중국 속담이

떠올랐다 뒤집힌 세월에서 모조품 같은 뼛조각이 발견되었
다 병명이 적힌 명찰 뒤로 활력징후가 흔들린다 코드 블루
가 반복해서 떠오른다

　수술 부위는 잘 아물었다고

　번호표를 뽑지 않은 사람이 먼저 길을 떠났다 서가에
꽂힌 죽음이 두려워 시도 소설도 읽지 못했다 서둘러 갈
등을 봉합했지만 시詩의 핏자국은 그대로 남아있다 벽화
에 그려진 이별이 두려워 난도 애완견도 기르지 못한다
죽은 새의 가슴에서 돌덩이를 내려놓았다

뇌물 한 상자

아침부터 뇌물 한 상자 받았다

이거 뇌물입니다
낯선 사내가 내민 것은 묵직한 사과 주스 한 박스

김영란법도 비껴 간 동네 의원에
뇌물을 받을 만큼 긴한 환자도 없고
몇 푼 안 되는 진료비 대신
과일이나 계란 꾸러미를 들고 오는 시절도 아닌데

어색한 침묵 뒤로 가느다란 떨림이 전해졌다
여기 단골로 다니는 환자가 갑자기 사망했습니다
등골에 흐르는 땀이 불편한 안부처럼 따끔거렸다

낙상 사고를 당했는데 수술이 불가능했어요
숨이 차고 폐에 물도 차고 다리는 점점 부어오르고
고령인 데다 잔가지 같은 지병이 많아……

자꾸 동네 단골 병원으로 가자고 보채기에
여기에도 입원실이 있는지 알아보는 중에 갑자기

실은 뇌물이 아니라 선물입니다
어머니께 문병 온 것처럼 주스 한 박스 사 들고 왔습니다
초로의 이마에 흐르는 슬픔이 노모의 잔주름과 겹쳐졌다

노파가 전해 주고 간 쓸쓸한 미소 한 세트
사과 박스보다 묵직한 뇌물 상자
썬키스트 패밀리 한 박스

제3부 망상의 앙상블

페이스 오프

　오래된 밑그림에 낯선 감정을 덧칠한다 미간의 떨림을 다독여 배경 화면으로 설정한다 액자를 깨트려 생얼의 나사를 풀어헤친다 양악의 뼈마디를 도려낸 빈 공간에 아직 풀리지 않는 비밀을 구겨 넣는다 주름진 과거에 보톡스를 주입하고 자꾸 깜박이는 배경을 눈썹 문신에 새겨 넣는다 조각난 표정을 봉합하여 미소 띤 시간으로 복원한다 가면 우울증의 초기 화면은 완벽하게 재생되었지만 비밀번호에 묶인 손가락은 여전히 세상을 더듬거린다 변명으로 가득 찬 눈동자는 더 이상 깜박이지 않는다 낯선 표정을 끌어 당겨 페이스북에 인증샷을 전송한다

환상통

1

이제 은밀한 신음 소리는
유리병 속에 넣어두어야겠다
더 이상 비밀이 새어 나오지 못하도록
진통제로도 호명할 수 없는 그 이름을
마법의 호리병에 밀봉시켜 버려야겠다
연민의 새순이 싹트기 전에
시퍼런 유리 조각이 내 손목을 파고들기 전에
한때 사랑이라 불렀던 여린 가지들이
고통의 뿌리라는 것을 말해 주어야겠다
모진 혓바닥이 복벽을 타오르기 전에
수은수처럼 음흉한 화멸이 아랫도리를 파고들기 전에

2

코리안 드림을 꿈꾸다
통째로 왼팔을 날렸다
두고 온 미얀마를 그리다
금속 절단기에
페트병 같은 왼쪽 팔을 허공에 날려 보냈다
새처럼 날아가 버린 손목을 찾아

밤새 미얀마를 떠돌았다

잃어버린 목장갑처럼 꾸역꾸역 몰려오던 구름들

탈춤 추듯 잿빛 고통이 몰려오는 날이면

차가운 빗줄기가 왼팔의 울화통을 때린다

깃털처럼 파르르 의수가 춤을 춘다

그럴 때마다 텅 빈 어깻죽지에 물파스를 바른다

페트병이 시원하다

미얀마가 시원하다

코리아가 시원하다

똥의 생성에 관한 경험론적 고찰

봄똥이나 싸 먹자고 했다 순한 삼겹살에 풋풋한 된장쯤
이라 생각했는데 난데없이 배추 푸성귀를 내놓았다 푸르스
름한 이파리에 동그랗게 몸을 만 배추벌레가 빈 접시를 갉
아 먹고 있었다

애기똥풀처럼 노란 멍게를 초고추장에 찍는다 건배를 외
치며 마른안주를 주문한다 똥꼬 치마를 입은 포장마차 아
가씨가 눈만 말똥거리다가 바다처럼 풍성한 접시를 내준다

접시에는 배가 통통한 멸치들로 가득하다 멸치 똥과 대가
리를 빼고 남은 등뼈를 고추장에 찍는다 바다 냄새 진한 멸
치를 씹으며 똥이 생성에 대해 생각한다

푸른 바다를 삼켜 똥을 만들어 내는 저 위대胃大한 바다
의 내장을

사도마조히즘

비의 기억을 삭제하라고
주머니칼을 선물했지만 넌 그저 손톱이나 깎고 말았지
병든 사과를 쪼개 남아있는 환부를 제거하려 해도
빗줄기에 파묻힌 손톱자국은 드러나지 않았어
아무리 무의식의 자판을 두드려도
벼락 같은 두통은 사라지지 않았거든
함께 우산을 쓰고 같은 길을 걸어도
너는 왼쪽 어깨가 나는 오른쪽 목덜미가 젖었을 뿐이야
가슴 뜨겁게 포옹을 해도 심장은 포개지지 않았어
빗방울은 차갑고 사랑은 몸에 헐거울 뿐이지
찢어진 우산 사이로 마른번개가 지나가고
비를 머금은 바람이 뼛속을 파고들었어
잠복기가 지난 상처들이 모니터를 에이고
무의식에 새겨진 손톱자국이 배꼽 아래까지 흘러내렸어
생살을 저미는 통증이 빗물처럼 떨어지자
잘려 나간 손톱이 또다시 눈알을 후벼 팠어
피학적이며 가학적인 기압골을 분석하여
너는 호우주의보를
나는 두통 경보를 발령했지
여전히 비는 내리고 벼락 두통은 떠나지 않는데

가족의 재구성

세상의 모든 호칭은 이모와
언니 오빠로 재편집되었다
여보 당신은 이미 삭제되었고
한때 유행하던 자기야도 자취를 감추었다
할아버지 할머닌 고려장 모텔에 장기 투숙 중
아빠는 아직까지 귀가하지 않고
엄마는 막장 드라마에 칩거 중이다

오랜만에 가족 나들이를 간다
이모가 앞장서고 언니 오빠가 뒤따른다
매표소에도 마트에도 이모투성이다
식당에 들러 맨 먼저 이모를 부른다
아줌마는 자취를 감춘 지 오래고
너무 젊은 이모는 슬쩍 언니로 대체된다
뒤처리와 계산은 모두 오빠 몫이다

가로등에 가물거리는 식구들을 들여다본다
할아버지 할머닌 유령처럼 토닥거리고
엄마 아빠는 서로의 손톱자국 사이로 슬며시 빠져나간다
언니 오빠는 각기 다른 채널로 재빨리 발길을 돌린다

달빛에 취한 이모마저 슬쩍 주방酒房으로 사라지고 나면
룰루랄라 모텔의 네온 간판은 나른하거나 불안하다

무모한 무모증

탯줄을 목에 두른 태아처럼
무모증은 무모하다
발모제와 제모제를 동시에 바르면
필요에 따라 털이 돋아난다
대머리와 가슴 털이 공존하고
비키니라인과 다리털이 공생하듯
음모陰毛와 음모陰謀는 동의반복이다
간절한 노출증처럼
성서聖書는 성性스럽고 불경佛經은 불경不敬하고
무모증은 무모하다
발기부전과 불감증이
수치심을 말끔히 제모한 침대에서
서로 등을 맞대고 누워있다
무정자증의 사내와 폐경의 여인이
죽부인과 기둥서방을 따로따로 껴안고
수태를 꿈꾸며 잠들어 있다

메노포즈

외로워서 섹스한다는 여고생과 늙음은 죄가 아니라고 항변하는 늙은 사내 중 자기감정에 충실한 배역은 누구일까 스크린을 보며 상상했지만 침대의 주인공은 바뀌지 않았다 황홀함도 설렘도 불감증에 전혀 효과가 없다는 중년 여배우에게 젊은 태양과의 혼숙을 권했다

사랑을 위해 목숨을 내어놓을 수 있냐고 질문했지만 정사신과 키스신 중 더 애절한 게 뭐냐고 되물었을 뿐이다 조루와 지루 중 외로움을 달래줄 사람은 누구일까, 눈을 똑바로 쳐다보며 답하라 했지만 마지막 감정까지 추궁당하기 싫다고 했다

대지 위에 뿌려진 질투는 눈물이 될까 노래가 될까 간절한 오선지에 엎질러진 구름을 보며 허밍하였지만 장대비는 내리지 않았다 간신히 담벼락을 넘은 빗줄기마저 하얀 도화지를 적시진 못했다 자궁벽이 마르자 비탈진 계곡에서 컹컹 개 짖는 소리가 들렸다

파경破鏡

경로를 이탈한 액정 화면에
갈 길 바쁜 생生의 주파수들이 바람처럼 몰려들고
잘못 입력된 주소창에서
두 쪽 난 하늘은 오히려 경건하다
깨진 거울 속 하늘을 들여다본다
팔다리가 잘리고
가슴팍이 멍들고
머리통이 박살 난 채
아직도 성장통을 앓고 있는 중년의 사내가 거기 서 있다
정밀한 이분법의 북채로 내리쳐도
정확히 두 동강 난 파편은 존재하지 않을 터이다
더 이상 짜 맞출 수 없이 산산조각이 나고 나서야
내 삶은
퍼즐처럼 완성될 것이다
싱거운 눈물 한 방울에
소금 인형처럼 사라져버릴
저 처참한 몰골을 꺼내
온전한 햇빛의 거울에 말릴 수만 있다면

모든 신음은
내게로 와서 멈추어 섰다

명왕성에서 온 스팸메일

땅꾼의 피를 수혈받았어 목을 빳빳이 쳐들고 붉은 혀를 날름거리는 화사花蛇의 버튼을 클릭했어 땅속 깊이 파고들어 지구와 흘레붙겠다는 꽃뱀을 찾아 발신자를 추적해 보니 명왕성, 허물을 벗은 명왕성이 알몸뿐인 지구를 노려보고 있었던 거야 화끈한 밤을 원하시면 연락 바람, 바람의 마녀 밍밍…… 이런 저급한 문자로 지구를 홀리다가 착신 금지 스팸으로 초기 화면에서 사라진 거야 싸구려 궤도를 돌면서 회전축이 뒤틀려 사교계의 행성에서 완전히 퇴출당한 거지 명왕성이 사라지자 벌거벗은 뭇별이 더욱 총총거렸어 헐벗은 지구에 파충류의 피가 돌자 눈부신 춘화가 노을처럼 타올랐던 거야

환생을 위해서는 환승해야 한다

실종된 하루를 되찾으려면
환승 버스를 타야 한다
반쯤 기운 지상地上의 하루가
이미 시든 반나절을 찾아 지하 무도장으로 향한다
술래잡기처럼 어두운 조명에서
서로를 밝히며 제 살을 부빌 때마다
아주 잠깐 짐승의 기척이 반짝일 뿐
슬픔의 빛깔이 겹친 적은 없다

경로 우대의 지하철을 타고
묘지처럼 포근한 땅속으로 파고들 때만 해도
환생을 기대하진 않았지만
다시 버스를 타고
지하에서 잠시 망각했던
죽음 너머의 하루를 보고 있노라면
먼저 간 아내의 처자 적 목소리 같은,

환승입니다
환생입니다

이번이 마지막인 늙은 연애처럼
지하의 하루에서 살아 돌아온 날은
어김없이 환승 버스를 탄다
환생을 위해서는 환승해야만 한다

악수

약속 장소와 시간은 카톡으로 보내왔다
황금연휴에도 고향 가기는 어려울 것 같으니
느즈막한 오후에 만나 소주나 한잔 하자고

가볍게 부딪쳤는데 술잔은 박살이 났다
주변의 눈치를 살피느라 잡은 두 손을 놓지 않았다

치매에 걸린 노모의 전화를 뿌리친 날은
열 번쯤 하늘을 살펴본다고 했다
부재중 전화가 백 번을 넘어가자 수신 차단했다고

토끼풀 입장에서 보면
행운의 네 잎 클로버도 불구의 육 손일 뿐이다

깜박거리는 노모의 목소리가 손바닥에 맴돌았다
집에 두고 온 돈을 네 장모가 모두 훔쳐 갔으니
죽기 전에 그 집에 쳐들어가야 한다
전화기 너머 목소리는 가물거렸다

장고 끝에 악수惡手처럼

가만히 종료 버튼을 누른 친구의 손은 진동했다

다 잃고 악력만 남은 것인가
지독한 악수握手 하나
가을밤을 움켜쥐고 놓아주지 않았다

폭발하는 우주를 본 적이 있다

귀는 가려서 듣는 법이 없고

소주를 머금은 혀들은 하고 싶은 말만 뱉는다
이기적인 코들은 제 입맛에 맞는 안주만 찾아다니고

서로 피해 가야 할 지점에서는 가만히 눈을 감지만

수군대는 바람 소리에
토끼처럼 쫑긋 세울 수도
지퍼처럼 귀를 닫아버릴 수도 없다

~~소변을 보고 부르르 몸을 떤다~~
남은 오줌을 털어내고 수돗물에 손을 씻는다

솟구치는 치욕의 근원은 손가락일까 성기일까

좌변기에 쭈그리고 앉아
생의 묵은 찌꺼기를 내려다보며
비데를 누를까 세정을 누를까 잠깐 고민한다

이목구비耳目口鼻 중에서 순한 귀를 맨 앞에 내세우고

침묵을 강요한 지구에서
간혹 정신 줄을 놓아버리거나 테이프가 끊긴 우주를 본다

깨진 소주병과 요골 동맥처럼
서로 만나지 말아야 할 순간이 닥치면

가까운 미래에 잘려나간 분노를 끼워 넣고

귀를 닫고 살다가
마침내 폭발한 우주를 본 적이 있다

망상의 앙상블

각방을 쓰면서도 늘 같은 체위로 잠든다 선글라스를 끼고 태양의 알몸을 들여다본다 이어폰을 끼고 달의 신음 소리를 엿듣는다 벌거벗은 낮달이 호수에 몸을 눕히자 악성 댓글이 물수제비처럼 떠오른다 구름으로 가득 찬 루머의 밑동을 잘라낸다

불신의 싹이 무럭무럭 자라 호수를 가득 채운다 몸속 깊은 곳까지 퍼져나가 빠져 죽기에 충분하다 심계항진된 마우스로 침대의 신음 소리까지 엿듣는다 괴소문에 시달리면서도 달빛을 클릭한다 어둠의 반대편은 빛이 아니다

고통의 뿌리에도 고저장단이 있고 신음 소리에도 박자가 있다 스팸을 열어 비스듬한 상처를 다독인다 듬성듬성한 위로가 만신창이의 삶을 어루만진다 목차가 뒤섞이고 줄거리가 늘어진 서류 뭉치를 삭제한다 새까맣게 그을린 전생에 물타기를 시도한다

부족하거나 넘치는 옥타브로 서로를 조율한다

날마다 낮마다 티격태격

방마다 밤마다 토닥토닥

제4부 Exit

사라진 명왕성을 위한 에스키스

새들은 물 한 모금 마시고도 반드시 하늘을 쳐다본다 중력이 없으면 먹이를 삼킬 수 없다는 게 그 이유지만 몸의 질서를 지키려는 간절한 몸부림이기도 하다

뼈의 중력이 모자라 골반이 뒤틀린 새가 나뭇가지를 이탈한다 새가 떠난 가지 한 축이 심하게 흔들린다 단지 공전의 주기가 일정치 않다는 이유로 자궁근종은 몸의 궤도에서 퇴출되었다

달거리가 사라지자 사나운 기억들만 마른 가지에 널려 있다 물관 깊숙이 갇혀있는 눈물을 새들이 단단한 부리로 쪼아대고 있다 어혈의 못 자국이 깊다

몸속에도 자전의 주기가 있어 사라진 명왕성은 여전히 몸 주위를 맴돈다 자궁을 들어낸 여자가 뒷짐을 지고 서쪽 하늘로 귀가하는 새들을 바라본다

태초에 여백이 있었다

탯줄을 자르는 순간부터 나는
박쥐처럼 매달렸다

한 번도 허물을 벗지 않는 새는
꼬리뼈가 가늘어졌다

아직까지 꼬리를 자르지 못한 도마뱀은
다리가 퇴화했다

비가 오면
발바닥이 간지러운 물고기들이
하늘로 날아올랐다

유전자를 적당히 나누어 가진 시조새가
착지를 시도하다 구름 속에 매장되었다

초승에서 그믐까지 진화하는 데
내 몸은 한 달이 걸리지만
그믐달이 초승달로 바뀌는 것은
한순간이다

구름의 진화는
다양성을 목표로 할 뿐 방향성은 없다
한 번도 신神을 선택할 기회 없이
내 몸은 진화하거나 소멸되었다

세 시와 네 시 사이

　취객의 토사물을 쪼아 먹은 비둘기가 다시 속의 것을 게 워낸다 수면 시간을 줄인 암탉이 곤달걀을 품고 있다 낮과 밤의 가로등은 서로를 감시하느라 한순간도 공존하지 못한 다 유기견을 자식처럼 돌보던 노숙자가 마침내 검은 봉지 를 풀어헤친다 밥 냄새를 맡고 달려온 길고양이가 레드존으 로 잠입을 시도한다 경적 소리에 놀란 수의사가 전자발찌 를 채운다 마취에서 막 깨어난 환자처럼 망상이 통점을 앞 지른다 태양을 훔치고 나서도 그림자는 사라지지 않는다 씹 던 껌을 몰래 뱉는다

　밥알이 팽창하는 동안 생쌀을 씹어 삼킨다
　하객들은 봉투만 바뀌 재빠르게 주문을 한다
　망자는 가장 온화한 표정으로 셀카를 찍는다
　손목이 없는 시계를 차고 환상통에 시달린다
　손톱 밑에 박힌 가시가 속옷처럼 부드러워진다

잠 못 드는 푸코를 위하여

날계란 같은 비명을 청진한다 저장 파일을 열어 볼륨을
높인다 날렵한 손동작으로 광기의 사물함을 풀어헤친다 가
늘고 긴 복도를 따라 무표정한 미녀들이 관음죽처럼 웅크리
고 있다 호통에 익숙한 감시 카메라가 셔터를 눌러댄다 불
안한 눈빛이 귓바퀴에 대롱대롱 매달려 있다 경고 메시지
가 입간판처럼 중얼거린다 '영혼은 몸의 감옥이다' 환각의
몸짓으로 오랜 세월 잠들지 못한 푸코가 뻐꾸기시계를 달래
고 있다 어둠은 공평하다 빛이 그 평화를 깨트릴 뿐이다 시
계視界 밖으로 나오지 못한 비밀들이 거칠게 몸을 에워싼다

허리띠를 조르다

입과 항문을 동등한 높이로 받들고 사는 짐승들에게 치질은 존재하지 않는다 하늘처럼 허리를 떠받드는 그들에게 허리 디스크는 순한 원판일 뿐이다 인간의 짐을 지고 묵묵히 길을 걷는 낙타도 사파리에 갇혀 관광객을 노려보는 사자도 허리를 세우지 않는다 무덤 같은 요람에 누워 세상을 뒤집는 어린아이도 수평에서만 잠든다 인류가 직립보행을 시작하면서 키운 것은 머리통의 사이즈요 얻은 것은 허리 디스크와 치질뿐이다 수직 상승을 꿈꾸는 인간들만 아침마다 넥타이로 목을 조르고 브래지어로 가슴을 조르고 가죽끈으로 허리를 조르고 또 조른다

이식론論

피를 나누기 시작하면서 이식의 삽날은 골수까지 번졌다 또 다른 생生을 위해 마지막까지 피를 아끼던 장기가 목을 축이고 있다 항생제와 면역억제제를 지느러미처럼 몸에 두르고 생체리듬을 고른다 익스프레스 팀장 같은 의사가 수신호를 보내자 팔딱거리던 숨소리가 가늘어진다 생존의 어떤 이론이 파도처럼 타올랐을까 싱싱한 아가미가 수족관에 납작 엎드린 채 면역의 비늘을 샅샅이 제거하고 있다 혼탁한 렌즈를 갈아 끼우고 한 쌍의 콩팥을 나눈다 낡은 간의 일부를 채워 넣고 마지막 심장까지 교체하지만 끝내 속일 수 없는 것은 서로의 피 맛인가 바다의 숨소리까지 함께 나누었지만 파고의 주파수는 섞이지 않는다

장기 매매 스티커가 낚싯바늘처럼 널려 있다

진실화해를위한과거사정리위원회

색동 치마를 마름질한 어머니는
원래부터 적록색맹이었다
고도근시에 백내장을 앓던 아버지는
여전히 보청기를 끼고 다닌다
낮달과 동침한 산부인과 의사는
자궁외임신으로 최종 판명되었다

모두 흰색 저고리를 입고 있었다

철분제를 과다 복용한 노파는
노랗게 녹슬어 갔다
주렁주렁 훈장을 목에 건 예비역 병장이
A급 관심 병사로 재분류되었다
중증 치매를 앓고 있는 신경과 의사는
알츠하이머 환자만 골라 진찰하였다

모두 자기공명영상 관리 대상이었다

반지하에 방치된 독거노인이
곡기를 끊은 지 보름 만에 발견되었다

감정노동에 시달린 개그맨이
하회탈을 대량 구매했다
조현병을 앓고 있는 동네 의사가
진찰실에 연탄난로를 새로 장만했다

모두 사회면 가십난 한 줄이면 족했다

그리하여 침묵

말할 수 없는 것에 대해선 침묵해야 한다[*]
그리하여 침묵

기억하고 싶지 않은 장면을
철저히 복원해 낸 유전자감식반이
잃어버린 그날을 추궁했다
그리하여 침묵

사라진 줄기세포와 복제 양 돌리
달나라에 딱 한 번 발을 딛고
평생을 침묵해 버린 닐 암스트롱
무에서 유를 창조한다고 철석같이 믿고 있는
모방 천재 시인들에 대한 질문을 밑밥처럼 던졌다
그리하여 침묵

투망처럼 촘촘한 의정부 경찰서 조서실
잡은 물고기에겐 더 이상 먹이를 주지 않는다며
독수리 타법으로 투망을 손질하던 어魚 순경이
고가의 항생제에도 기어이 배를 뒤집어 버린
수족관 물고기에 대해 덥석 물었다

미리 쓰는 유언장처럼
그럴싸한 알리바이를 조작했다
플라시보 효과를 위해서는
다량의 떡밥이 필요할 거라고 속으로 항변했다
그리하여 침묵

빛보다 빠른 속도가 아니라면
어차피 자신의 모습을 들추어
직접 관찰하기 힘들다

그리하여 침묵

길들이기를 거부한 길고양이처럼
생선 비린내를 골목에 두고 온 까닭이다

* 비트겐슈타인.

시술詩術

　무심코 하늘을 우러러보았다 가늘고 긴 저녁이 거리의 불빛을 모으고 있었다 어차피 바람 방향과는 무관하게 밀실의 문장은 완성되었다 소문의 행방에 따라 우울이 울분으로 급변했다 촛불을 켜놓은 광장에서는 연민의 바람이 슬픔을 앞지르기도 했다 나는 가만히 주먹을 쥐고 명멸하는 불빛을 바라보았다 바람과 촛불, 그들은 분명 구면인데 서로가 데면데면했다

　윗글을 읽고 다음 보기 중에서 적절한 단어를 선택하여 빈칸을 채우세요(복수 선택 가능)

　〈보기〉
　시인, 촛불, 광장, 의사, 처방, 병원

　묵직한 통증이 가슴 어귀에 머물렀다
　마음 한쪽을 다독여 (　)에 갔다
　이름 없는 (　)들이 서로를 원망했다
　어쩌다가 이 지경이 되었는지 알 수 없다고
　대책 없는 (　)에서는 쓰러지지 말자
　지극히 건조한 대화만으로도 위안이 되었다
　초라한 (　)을 받아 간신히 데드라인을 넘는다

이러려고 (　) 되었는가

망가진 문고리를 부여잡고 (　)에게 하소연한다

백옥처럼 서늘한 (　)이 활활 타오르고 있다

필명으로 시술하는 (　)들은 두려움이 없다

Exit

 방울 소리에 놀란 꽃뱀이 허물을 벗어놓은 채 무대에서 사라졌다 몸통에 네 발을 그려 넣자 망사 스타킹을 신고 24시 편의점으로 돌진한다 가느다란 혀를 날름거리며 컵라면의 봉지를 뜯는다 커튼콜을 받은 여배우가 선 채로 오줌을 쌌다 뜨거운 물이 흘러넘쳤다 하얀 연기처럼 졸고 있던 소년이 선홍빛 의자에서 굴뚝 같은 몽정을 경험했다 출구는 꽉 막혀 있었다

 십 리 꿈길을 걸어 공연장에 도착했지만 무대는 이미 막을 내린 후였다 퇴장한 관객들이 거리에서 마스터베이션을 시작했다 소녀경을 본드처럼 흡입하며 황홀경을 말끔히 닦았다 상상과 공상 사이에서 망상이 착상되었고 마침내 시험관아기가 태어났다 유리관에서 수정란이 숙성되는 동안 나팔관이 다시 문을 열었다 거리엔 붉은 등이 켜졌지만 출구를 찾지 못한 소년은 맥없이 청년이 되었다

 피를 토한 적이 있냐는 가수의 질문에 무대가 붉게 물들기를 기원했다 조명이 바뀌기를 바랐고 무덤까지 불타오르기를 바랐다 낡은 기타 위로 드러난 화상의 흔적이 화살표처럼 무대를 관통했다 배가 고파 노래 가사를 도시락처럼

까먹었다 기억 속에 허기가 살고 있는지 포만감이 더 속이
쓰릴 때가 있다 꿈에서 추방당한 중년이 텅 빈 객석에서 홀
로 잠꼬대 중이다 분명 누군가의 부음을 들었는데 출구는
열리지 않았다

문지방 연대기

턱없이 높았다

네 발로 기어도 오르기 힘들었다 주변엔 늘 무언가가 널려 있었다 잡히는 대로 가져가 입으로 빨았다 아무도 모르게 뒤집기를 시도하고 다시 제자리로 돌아누웠다 거기를 넘어야만 세계의 바깥으로 나아갈 수 있었다

수시로 넘나들었다

두 발만으로도 충분했다 저만치 낮아져 아예 눈에 띄지도 않았다 뒤축이 닳기 전에 자주 신발을 바꿔 신었다 넓은 광장으로 숨어들면서도 눈높이는 변하지 않았다 짧은 바짓단에도 눈을 치켜뜨는 버릇이 생겼다

자꾸 발길에 채였다

서로에게 길들여질 무렵이었다 익숙한 발걸음에도 시시비비를 따졌다 그것은 안과 밖, 안방과 거실, 삶과 사람과 사랑을 나누는 문턱이다 발로 밟으면 슬그머니 기운이 빠져나갔다 구부러진 등을 낚아채기에는 좁은 치마폭이 수월했다

이별의 내부에는 끝없는 계단이 있다지만

넘을 힘도 없어졌다

네모난 틀 안에 갇혀 지냈다 오동나무 그림자처럼 앞과
뒤의 경계를 짓기 시작했다 생의 들것을 사용해도 건너기
힘들었다 좁디좁은 틈새로 빙하기의 바람이 불어왔다 빠르
게 빠르게 더 빠르게

별안간 사라졌다

차갑고 고요하다 귀를 대고 있으면 비자나무 숨소리가 들
린다 불길한 예감은 기적처럼 맞아떨어진다 휠체어나 이동
침대가 자유롭게 드나든다 이제 더는 쓸모가 없다 표정들이
하나로 묶여 서로 늙어가는 방에서는

베개로 베고 누우면 그대로 관棺이 되었다

코끼리 무덤

집채만 한 슬픔을 안고
야생의 숲속으로 들어간다
스스로 무리를 이탈하여
가까스로 조상의 무덤을 찾는다
적막한 밀림에 다소곳이 몸을 눕힌다

이것은 코끼리 무덤의 전설이다

사냥이 금지된 지역에서
상아를 대량으로 남획한 밀렵꾼들이 꾸며댔다
깊은 밀림 속 코끼리 무덤에서 가져온 것이라고

이것은 인간이 지어낸 불편한 진실일 뿐이다

냉장고 문을 연다
코키리를 냉장고에 넣는다
냉장고 문을 닫는다

이것은 나무위키에서 밝힌 코끼리를 냉장고에 넣는 방
법이다

완화병동에 백색 바람이 분다
연명치료를 중단한 코끼리가

다소곳이 두 발을 모으고 누울 자리 먼저 살펴본다

오늘도 수많은 강철 코끼리들이
또 하나의 코끼리 무덤을 만들고 있다

싱크홀

보도블록 위 죽은 새의 날개가 젖어있다

바이브레이터 같은 봄비에 허파 한쪽이 푹 내려앉았다

갑자기 불어난 빗물이 구멍 난 심장으로 흘러든다

내 마음의 연약지반에 젖은 팔이 잠들어 있다

닿을락 말락 하는 거리에서 너의 습지가 깊어진다

텅 빈 뼛속에 중년의 감정들이 빗방울처럼 매달려 있다

아스팔트처럼 까만 네 눈동자 어딘가에 잔물결이 일렁인다

무엇을 꺼내도 슬픈 너의 몸처럼 움켜쥔 주먹 사이로 비
밀이 빠져나간다

운명을 믿는 사소함으로 내 몸은 나락으로 떨어진다

애당초 발을 헛디딘 나는

제5부 카우치에서 길을 묻다

카우치*에서 봄을 읽다

서서히 서서히 그러다 갑자기 밀려오는 요의尿意처럼
봄비에 쩍쩍 갈라지는 사타구니 계곡의 얼음장처럼
비 그친 뒤 더욱 흰 목덜미의 과붓집 백목련처럼
춘화에 취해 오줌발 세우고 있는 만취한 전봇대처럼

몽롱한 오월의 안부를 묻고 있어요 붉은 구름 사이 절규
하는 스무 살이 보여요 주름진 봄은 내 이마에 빗금을 긋
기 시작했어요 모자를 벗었을 뿐인데 흐릿한 내 시야엔 왜
자꾸 비가 내릴까요 수상한 구름은 어떤 표정도 짓지 않아
요 물음표 같은 우산을 쓰고 혼돈의 사선 밖으로 뛰쳐나가
요 이제 안경을 벗는 것도 두렵지 않아요 여전히 세상을 더
듬거릴 뿐 저 흐드러진 지린내를 피하지 않아요 눈부신 아
카시아가 망막까지 활활 타올라요 이제 갓 스물이라고 말
하지 마세요

* 카우치: 정신분석에서 사용되는 안락의자. 자유로운 연상을 돕기
위해 만들어진 침대 모양의 평평한 의자이다.

카우치에서 이를 뽑다

문고리에 실을 매달아 뽑은 이를 지붕에 내던졌다

해가 저물도록 굴뚝을 지켰지만 아무런 기척도 없었다 담벼락은 이미 분열 증세를 보였고 내 몸도 조금씩 뜨거워지기 시작했다

간절히 빌었지만 까치는 얼씬도 하지 않고 구강 세균만 득실거렸다

땅속에 묻히는 걸 죽기보다 싫어했다 양식장을 탈출한 황소개구리가 황소와 개구리로 분리되었다 미라처럼 말라 죽은 개구리가 무척 편안해 보였다

피는 멈추지 않았고 물고 있던 솜뭉치가 붉은 페인트 통에 가득했다

불에 덴 상처를 만지작거리며 놀았다 객혈은 계속되었고 오줌 색은 점점 붉어졌다 엉덩이가 딱딱해져 더 이상 주삿바늘 들어갈 틈이 없었다

굴러온 돌이 박힌 돌을 뽑아내고 그 자리에서 꿋꿋이 자랐다

목줄 대신 넥타이를 목에 매달았다 비단옷을 입고 기억의 환부를 도려냈다 처음으로 흰 쌀밥을 꼭꼭 씹어 먹었다

카우치에서 아버지를 만나다

　지워진 아버지를 수소문했다 마지막 숨소리를 기억하고 있는 바람이 그를 데려왔다 영정을 태우던 불꽃들이 내 주위를 둘러쌌다 말끔하게 차려입은 아버지가 철없는 아이처럼 구시렁거렸다 나보다 더 젊은 아버지가 유년으로 돌아가지 못한 나를 꾸짖었다 논쟁을 벌이기에는 둥근 밥상머리에 차려진 서사가 턱없이 부족했다 귀신 씻나락 까먹는 소리에도 군침이 돌았다 배부른 참새들은 방앗간을 그냥 지나쳤다 밭을 갈던 황소가 객장을 갈아엎었다 심장까지 파헤쳐진 아버지가 도처에 널려 있다 밭고랑처럼 갈라진 손으로 서러운 등짝을 토닥거렸다 밭은 기침 소리가 꺼져가는 불꽃의 숨통을 조였다 사위어가는 촛불 곁에서 장작을 쌓던 어머니마저 쓸쓸한 계정을 지웠다 졸지에 고아가 되어버린 나는 더 높게 담장을 쌓았다 쌓다 허물기를 반복하는 동안 아버지는 더 까맣게 타들었다

카우치에서 어머니를 만나다

당신은 호접몽처럼 날아왔습니다 나는 늘 비몽과 사몽 사이를 배회했지요 넉잠을 자고 나서야 고치를 짓는 누에처럼 나는 여전히 두리번거렸고 당신은 물에 젖은 뽕잎을 닦고 있었습니다 젖은 뽕잎을 먹은 누에는 어김없이 병들어 두엄 자리에 버려졌기 때문이지요 앙상한 뼈와 거죽만 남은 누에를 위해 마른 뽕 같은 주사제를 뽕잎만 한 엉덩이에 놓았지요 싸늘한 알코올 솜의 감촉과 먹먹한 주삿바늘 자국 사이 어딘가에 늘 당신은 서성거렸습니다 병든 누에에 점차 핏기가 돌자 당신은 섶처럼 잘록한 유택으로 황망히 길을 떠났지요 사진 한 장 남기지 않고 나비처럼 날아가 버렸기에 생일도 없고 기일도 없습니다 오늘, 세상에 남겨진 후레자식들이 억지로 끼워 맞춘 날짜에 당신을 기리고 있습니다 처음부터 당신은 존재하지 않았습니다

카우치에서 우물에 빠지다

눈알을 빠트렸는데 우물의 깊이를 알 수 없어요 썩은 동
아줄로 퉁퉁 불은 눈알을 측정하는 건 애당초 불가능하지
요 천둥 치고 비 내리면 어차피 우물은 깊어지게 마련이니
까요 두레박 깨지는 소리가 우물 속에 울려 퍼져요 피를 나
누었던 형제들은 숟가락으로 서로의 눈알을 겨누고 있어요
두레박 속의 눈알은 유리알처럼 빛나고 우물에 벗어놓은 안
경은 굳게 입을 다물었어요 물속에서 육신의 비밀은 낱낱이
드러나지만 두개골 속 깊이 감추어둔 홍채의 비밀은 여전히
풀리지 않아요 이미 깨진 손거울로 눈알의 무게를 측정할
수 없어요 눈알을 빠트렸는데 우물의 깊이를 알 수 없어요

카우치에서 하늘을 날다

하늘에서 풋콩 냄새가 났다 아직 발화하지 못한 몸이 두부처럼 흐물거렸다 지붕이 돌고 마루가 돌고 물컵마저 돌기 시작했다 새로 나온 결핵 약의 부작용이라 했다 역한 냄새가 났지만 약을 중단하면 몸통까지 돌아버린다기에 단숨에 들이켰다 찌그러진 달이 온전히 차오를 때까지 귓속의 달팽이는 꼼짝도 하지 않았다 책상을 비운 지 보름 만에 학교에서 퇴출당했다 약봉지 가득한 책가방에서 축축한 날갯죽지가 돋아났다 서툰 날갯짓이 나비 울음소리 같았다 책가방은 담배 연기처럼 흐느적거렸다 병실에 누워 하늘을 나는 동안 서서히 달이 차오르고 엉덩이 살도 차올랐다 어지럼증이 사라지자 역한 냄새도 사라졌다 연필심에 다시 생기가 돌았다 몸의 회전축은 정상 궤도를 되찾았지만 비행非行 기록은 사라지지 않았다

카우치에서 친구를 만나다

　어릴 때 죽은 기표가 갑자기 나타났다 폐병 동기인 그는 학교 대신 보건소로 약 받으러 간다고 했다 창백한 얼굴이 눈 감고도 빛났다 술잔 부딪치는 소리와 새의 울음소리와 뱀의 방울 소리가 밤이슬처럼 떠돌아다녔다 열두 살 소년의 앳된 목소리가 술병 주위를 맴돌았다 주삿바늘 자국뿐인 팔뚝이 나무젓가락처럼 툭툭 부러졌다 새벽의 핏덩이들이 꾸역꾸역 술잔에 떠올랐다 부러진 나무젓가락 사이로 항아리 깨지는 소리가 들렸다 한 움큼의 알약을 들이켰지만 목소리는 변하지 않았다 알람 소리에 놀란 기표가 고래고래 소리를 지르며 술잔을 팽개쳤다 불현듯 요의가 밀려 왔고 나는 페이스북의 담벼락에 붉은 오줌을 냅다 갈겼다

카우치에서 별을 쏘다

별사탕을 입에 물고
기침이 잦아들기를 기다렸다
아침은 모래알처럼 서걱거렸다
한바탕 신열을 앓고 나서는
양지바른 곳으로 자리를 옮겨 앉았다
보건소 동기인 기표가 먼저 길을 떠났다
꽃등도 없는 리어카를 타고 떠났지만
아무도 별똥별이 떨어진 자리를 알려 주지 않았다
타다 남은 별을 땅에 묻고 궐련을 나누었다
밭은 기침 소리로 커피 향이 붉은 날이면
젖은 잎담배를 피우며 성냥개비 우물을 쌓았다
무너져 내린 알약들이 수족관에서 반짝거렸다
구멍 뚫린 청춘을 별다방에 쏟아부었다
에스프레소처럼 톡 쏘는 마담과
거품 가득한 카푸치노 레지들이 콧대를 드높였다
백발의 구두코 앞에서 하얀 허벅지를 드러내자
쌍화차와 블랙커피가 한 잔씩 추가되었다
팔각 성냥 한 통을 리필하고도
우물은 완성되지 않았다
지구 별에 불시착한 장발의 어린 왕자는
오랫동안 별 무덤을 들여다보았다

카우치에서 눈을 맞다

간절히 살아남고 싶은 날은 오래도록 거울을 본다 핏기 없는 얼굴로 바닥에 엎드린 채 흩날리는 눈알들을 검은 봉지에 쓸어 담는다

지상의 무덤이 가까워지자 은빛 다이버들이 주춤거린다 맨땅에 살얼음 먼저 깔고 일제히 죽음의 낙하산을 편다 스키드 마크처럼 하얗게 도로의 기억을 지운다

불빛으로 질주하는 도로도 실려가는 쓰레기도 흰색 천으로 덮여 있다 오토바이에 치인 검은 고양이도 하얗게 죽어간다 귓불을 때리던 앰뷸런스마저 하얗게 숨죽이고 있다

간절히 죽고 싶은 날은 가지런히 구두를 벗고 잿빛 옥상을 오른다 두 눈을 꼭 감고 비스듬한 난간에 기대어 야광처럼 빛나는 눈알들을 검은 양말에 쓸어 담는다

카우치에서 춤을 추다

롤러코스터를 타고 또 하루를 건넌다
구름에 매달린 그네를 타고 젖은 눈동자를 말린다
심연에서 허공까지 허공에서 심연까지
살짝만 건드려도 왈칵 눈물 쏟아내는 눈꺼풀
제 숟가락을 챙기지 못한 식구들이
쓸쓸한 속눈썹에 동아줄을 매단다
낮술에 취한 아버지가 병신춤을 춘다
빚쟁이에 치인 어머니가 어깨춤을 춘다
접신을 한 누이가 작두춤을 춘다
문고리에 매달린 낮달이 휘청거린다
뚜껑을 잃어버린 약병들이 비틀거린다
약 기운에 취한 내가 버려진 꿈들을 주워 모은다
사다리차를 타고 석양의 지붕에 오른다
웅크린 돌멩이를 호주머니에 넣고
수군거리는 바람의 이마를 찍어댄다
물 먹은 솜뭉치를 타고 공중 부양을 시도한다

카우치에서 영화를 보다

쌀벌레처럼 피어오르는 꽃잎을 향해 가지런히 두 손을
모았다

불쑥 일어선 남자가 밀린 빨래하듯 여자를 해치웠다

금세 곯아떨어진 등 뒤에서 사후피임약 같은 꽃술을 앓
았다

비스듬히 얼룩이 번지는 동안 재생된 처녀막이 멍울을
터뜨렸다

이슥한 봄밤이 헤칙가 코끝을 떠나자 초록이 권태가 되
돌아왔다

물수제비에도 허기는 채워지지 않았고 장대비에도 갈증
은 지워지지 않았다

잘 알고 있는 사람의 과거를 알지 못하는 사람한테 전해
들었을 때 최초의 이별을 예감했다

너무 늦게 핀 밤꽃 하나 가지 끝에 매달려 도색잡지처럼
흔들리고 있었다

붉은 낙인이 찍혀야만 19금 소포는 배달되었다

까까머리 중학생 시절이었다

카우치에서 길을 묻다

나는 또 어디로 흘러갈까요 잠에서 깨어나 보니 우울과
망상의 찌꺼기들이 라면 가닥처럼 엉겨 붙어있어요 밤새 나
를 보살폈던 책갈피는 팔다리가 마비되어 천장을 둥둥 떠
다녀요 불안을 베개 삼아 페소아가 잠들어 있고 상실의 시
대를 지나온 하루키가 쓰다 만 편지처럼 서성거려요 담장
너머 저만치엔 안개 자욱한 아침이 보이고요 조금만 몸을
기울이면 새로 피어난 절망이 나를 노려보고 있어요 나는
또 어디로 흘러갈까요 빨간 자전거를 탄 프로이트가 무의식
의 골목으로 나를 안내했어요 '자아는 이드가 있는 곳에 세
워져야 한다' 시詩가 태어난 장소는 모두 마시거나 먹거나
싸는 곳이지요 나는 결국 편지 겉봉투에서 다시 태어났어요

경기도 출퇴근길 자동차 이어폰에서 툴툴거리는 인문 팟캐스트
의정부시 306 보충대 싸다횟집에서 처음처럼 울어대는 소주잔
용민로 7번길 5 공중화장실 힘찬 비데 앞에서 주눅 든 오줌발
김연종내과 상비약 같은 권태를 청진하는 낡고 초라한 하꼬방

114

카우치에서 시를 읽다

손님들은 모두 잠들어 있었다 소파인지 침대인지 비스듬한 안락의자에 누웠다 천장은 높고 창문은 비좁았다 식은 커피 잔에서 모락모락 김이 났다 의사인지 바리스타인지 희미한 가운이 눈앞에 어른거렸다 뜨거운 손바닥으로 하늘을 가렸다 지난 풍경들이 연탄가스처럼 스며들었다 손가락 사이에 가려진 기억이 몽롱해졌다 몸의 균열은 지붕이 아니라 기둥으로부터 시작되었다 구겨진 쪽지를 건네주며 생각나는 대로 읽고 보이는 대로 말하라고 했다 죽은 사람들이 점자처럼 어른거렸다 내 유년 시절도 먼지처럼 떠다녔다 물에 빠져 죽은 누이를 위해 지붕이 불타기를 기도했다 흰 연기가 꼬리곰탕처럼 끓어올랐다 썩지 않은 누이가 썩은 지붕에서 쏟아져 나왔다 지그시 눈을 감고 입술을 깨물었다 소화되지 않은 말들이 입속에서 오물거렸다 지금까지 내뱉은 말이 자유연상이면 치유가 될 것이고 자동기술이면 시詩가 될 거라고 했다 상담료를 지불했는데 커피 대신 껌 딱지 같은 책 한 권을 주었다 단물이 빠지기 전에 책상 다리에 붙여 놓았다

보로메오 매듭과 해부학적 시학

권성훈(문학평론가, 경기대 교수)

1.

　김연종 시인의 시집『청진기 가라사대』는 겹쳐져 있거나, 어긋나 있는 '존재의 근원성'을 예리한 언어의 도구로 해부하거나 교접하여 '주체의 징후'를 '무의식의 감각적 증세'로 불리오는 데 있다. 그것은 한 편의 시가 전체 시물을 부분으로 분열시키기도 하고, 부분을 전체로 분화시키기도 한다는 점에서 응축과 확장으로 재현하는 알레고리다. 이른바 자음과 모음이 하나의 단어로서 시행과 시연으로 확대되듯이 시는 세계의 조각을 봉합하며, 전체의 풍경을 절사하면서 의미의 표정을 시적 형식으로 읽어내며 자아와 세계로 둘러싼 사유를 산출시킨다. 이처럼 부분과 전체를 절개 또는 봉합함으로써 '존재의 근원성'을 읽어내는, 그의 작업은 단순한 서정적 인식에 있지 않을뿐더러 직관적 상상력이 결합된 언어적 상징으로 채워져 있지 않다는 사실이다.

인간 존재의 기원을 이루는 것이 육체라고 할 때, 그것은 뼈와 살로 겹쳐져 있듯이 시는 자음과 모음이 불러오는 보편적 기록이라고 할 수 있다. 인간이 살과 뼈로만 존재할 수 없듯이 시 또한 자음과 모음만으로 의미소를 생성할 수 없다. 예컨대 살과 뼈라는 육체로 존재 가능케 하는 것이 '지속적 피돌기'라고 한다면 시의 생기를 주입하는 것은 '실증적 사유'라고 할 만하다. 그의 시에서 활성화되고 있는, 언어의 배후에는 바로 살과 뼈 그리고 피라는 본질을 사유화해서 내재적 증세를 언어로 전화시키려고 하는 의도가 배양되어 있다.

그것은 그의 시에서 살과 살 사이, 뼈와 뼈 사이, 그리고 살과 뼈 사이의 어떠한 빈 공간에서 발견되는 무의식의 기표로 채워진다. 살과 뼈로 연결된 "양악의 뼈마디를 도려낸 빈 공간에 아직 풀리지 않는 비밀"을 인식하며 감각적으로 "조각난 표정을 봉합하여 미소 띤 시간으로 복원"(「페이스오프」)시키기 위한 실험적 시도가 이번 시집에 혼재되어 있다. 라캉의 무의식의 차원에서 본다면 그의 시는 '어긋난 양악'에서 생기는 세계와의 균열에 대한 언어적 봉합을 보여 주는 '어긋난 조우'인 바, '오브제 a'로서 비결정적이고 파악되지 않는 존재 사이의 '구멍'에서 휘발되는 특유의 언어로 구명하려고 한다. 그 안에 있는 "은밀한 신음 소리"를 진단하며 "더 이상 비밀이 새어 나오지 못하도록/ 진통제로도 호명할 수 없는 그 이름을"(「환상통」) 찾아 '고통의 뿌리'의 근원지에 가두려고 한다는 것이다. 있지만 없고 없지만 있는 환상통 같은 환상의 공간을 고유한 시작법으로 들여다보는 바, 라캉이 말한 '오브제 a'의 '빈 구멍(the void)'을 맴도는 근원적인 증상을 파악하고 있는 듯하다.

요컨대 "구름에 가려 보이지 않던 증상이 퍼즐처럼 풀렸다 사라진 그림자의 행방을 다시 수소문"(「병명이 없는 변명」)하듯이, 그의 시는 증상과 동일시되면서 실재계의 '빈 구멍'을 내포한다. 존재의 빈 구멍은 "손목이 없는 시계를 차고 환상통"(「세 시와 네 시 사이」)으로 현시되지만 언어로 복원하면서 "더 이상 짜 맞출 수 없이 산산조각"(「파경破鏡」)을 봉합하면서 "바람 방향과는 무관하게 밀실의 문장"(「시술」)을 통해 "눈꺼풀로 죽은 문장에 밑줄을"(「불면 클리닉」) 그으며 시적으로 발화된다. 여기서 시적 오브제 a는 뼈, 살, 피로서 풀리지 않는 매듭처럼 마디를 형성하고 있고, 시인의 시선은 이것들의 어긋난 지점, 즉 빈 공간인 실재계를 향해 있다는 것이다.

마치 라캉이 말하는 보로메오 매듭(Borromean Knot)과 같이 어느 것 하나라도 끊어지면 모든 것이 다 풀어지는 상징계, 상상계, 실재계의 세 고리로 형성된 것이 무의식의 겹쳐진 증상으로 나타나듯 그의 시에서 뼈와 살, 그리고 피가 교차되면서 언어적 징후로 각각 존재하고 있다는 것이 변증적으로 투시된다. 그것은 해부학적으로 내부를 응시하며 신체와 정신 기관의 분열, 결핍, 과잉 등의 현상으로 해체하거나 변형시키면서 존재의 빈 공간을 파악하려고 한다. 이러한 육체와 사물이 가진 특정한 공간의 내재성과 정체성의 부각은 유기적으로 연결되어 있는 보로메오 매듭 (Borromean Knot)을 풀 수 있는 '전략적인 탐구'가 아니겠는 가. 메를로 퐁티에 따르면 "우리의 몸은 하나의 통일체로 이 미 주어져 있으며 이를 가능케 하는 전제가 바로 '신체도식' 이다."*이 신체도식은 그의 시에서 존재의 근원성을 해부 학적으로 풀 수 있는 보로메오 매듭의 비밀이라고 할 수 있 다. 거기에 우리는 그가 탁마하고 있는 보로메오 매듭을 가 진 시적 대상에 대한 '연구 목적, 연구 방법, 결과 및 분석, 결론'(「요요현상을 극복하지 못한 비만 클리닉에서 누와 악어의 눈물의 염 분 농도 차이 분석」)이 산출되는 과정에서 무엇보다 자신의 '내 면에 대한 분석'을 하게 될 지도 모른다.

2.

살은 표면에 존재하지만 돌출되어 있지 않은, 뼈와 독립 시켜 말할 수 없다. 뼈는 살의 공간과 살의 시간 안에 있으 면서 살을 외부로 밀어내고 그것을 지탱해 준다. 그 때문에 몸은 뼈를 통해 모든 기관을 소유하고 그 깊이 중심에서 마 디마디 감춰져 있다. 그의 시는 언어의 속살에 내재된 뼈를 지각하게 하며 관절 마디가 유기적으로 연결이 되어 있다는 것을 언어적으로 보여 준다. 그것은 안으로 뻗어있는 살의

* 메를로 퐁티, 『지각의 현상학』, 류의근 역, 문학과지성사, 2002, 224 쪽.

뿌리이면서 언어를 시적으로 단단하게 만들어주는 '사유의 중력'을 발생시킨다. 하늘을 가로지르는 새는 "뼛속까지 비워야" 가볍게 날 수 있는 것이 아니라 "동그랗게 말린 등뼈를 퍼덕"여야 비상할 수 있다. 반대로 "등뼈 곧은 자들은 레테의 강을 건널 수 없"(「설레는 피안」) 듯이 등뼈를 구부려야 '레테의 강'을 통과할 수 있는 것처럼. 뼈는 역학적으로 작용과 반작용을 하면서 "진화하거나 소멸"(「태초에 여백이 있었다」)되어 왔다. 인간의 몸이 "유전자를 적당히 나누어 가진" 골격의 형태로 유전되고 있다는 측면에서 '태초의 여백'은 '뼈의 자리'라고 명명할 수 있게 된다. 그것은 태어나기 전 태아로부터 형성되어 왔으며, 없어서는 안 되는 육체의 중심축으로서 '자전의 주기'를 형성하고 있다는 시인의 통찰력을, 아래의 시에서도 살필 수 있다.

새들은 물 한 모금 마시고도 반드시 하늘을 쳐다본다 중력이 없으면 먹이를 삼킬 수 없다는 게 그 이유지만 몸의 질서를 지키려는 간절한 몸부림이기도 하다

뼈의 중력이 모자라 골반이 뒤틀린 새가 나뭇가지를 이탈한다 새가 떠난 가지 한 축이 심하게 흔들린다 단지 공전의 주기가 일정치 않다는 이유로 자궁근종은 몸의 궤도에서 퇴출되었다

달거리가 사라지자 사나운 기억들만 마른 가지에 널려

있다 물관 깊숙이 갇혀있는 눈물을 새들이 단단한 부리로
쪼아대고 있다 어혈의 못 자국이 깊다

　몸속에도 자전의 주기가 있어 사라진 명왕성은 여전히
몸 주위를 맴돈다 자궁을 들어낸 여자가 뒷짐을 지고 서쪽
하늘로 귀가하는 새들을 바라본다
　　　　　　　　　─「사라진 명왕성을 위한 에스키스」 전문

　이 시편의 '명왕성'과 '에스키스'는 위 시를 읽어내는 중
요한 키워드다. 명왕성은 왜소행성이라는 점과 공전궤도가
다른 행성과 다르다는 점에서 태양계에서 퇴출된 별이고,
에스키스는 그림이나 설계도를 완성하기 전 단계로서 큰 작
품을 제작하기 위한 준비 단계로 질서와 변화를 시사한다.
태양계나, 기초 도면은 우주와 자연, 존재와 사물에 기본적
으로 작용하는 에너지로서 지구적으로 보면 중력의 작용이
라고 할 수 있다. 우주적 상상력으로 확대된 이 시의 자궁
의 세계도 그러한 '중력적 구도'로 사물의 근원성을 보이면
서 효과적으로 인간의 몸이 시작된 지점을 관통하고 있다.
사실상 '중력이 없으면 먹이'조차 삼킬 수 없는 인류는 "몸
의 질서를 지키려는 간절한 몸부림"으로 살고 있다. 거기에
기반이 되는 것이 '뼈의 중력'이며, 뼈의 중력이 모자라면 관
절이 어긋나 명왕성과 같이 질서 안에 편입되지 못한다. 질
서 있게 변화하고 재생되는 공전의 주기와 같이 몸의 궤도
에서 벗어난 '근종'이 있던 빈 공간에서 "물관 깊숙이 갇혀

있는 눈물을" 보여 준다.

이와 같이 깊어진 어혈의 못 자국은 빈 공간을 담아내는 은유로써 사라져버린 명왕성같이 "여전히 몸 주위를 맴돈다". '뼈의 중력'에서 '자궁근종'은 제거되었지만 자궁의 세계는 "뼛속 깊은 우울증이 나비처럼 펄럭일까 두려워"(「상상 플루」)하는 환상통으로 남아있다. 이를테면 "가슴 뜨겁게 포옹을 해도 심장은 포개지지 않았어"(「사도마조히즘」)라고, 여전히 없는 듯이 있는 듯, 지속적인 증세로 나타나며 '무의식에 새겨진 손톱자국이 배꼽 아래까지 흘러내리며' 뼈의 중력에서 벗어났지만 육체에 맴돌면서 영향력을 행사하고 있다는 것이다.

3.

인간 신체 기관 중 뼈를 감싸면서 밖에 있는 살은 외부의 신호들을 육감적으로 받아들인다. 타자와 세계가 보내오는 오감각의 신호를 흡수하며 다양하게 반응한다. 노출된 신체 구조에서 감정을 송수신하는 역할을 수행하는 피부는 생리, 심리, 정서 변화를 가장 민감하게 받아들이는 얼굴을 포함한 살갗을 의미한다. 아무것도 걸치지 않는 피는 육신의 날이미지인 바, 뼈가 굳어있는 것이라고 한다면 살은 부드럽게 살아 움직인다. 하지만 여기서 살은 날이미지로서 기능하는 것이 아니라 외피를 입고 등장하는 내면의 페르소 나를 보여 준다. 융의 심리학의 아니마와 아니무스의 층위와 같이 겉과 속으로 또는 속과 겉으로 삶을 구분하는 듯하다. 그것은 "바나나의 속내"를 벗기는 것처럼 외부 안에 있는 인간 내면의 "온전히 껍질을 벗기기만 하면 고통스런 야생의 기억"에서 고통스러운 진실을 찾아내려고 한다. 이 가운데 가면을 쓰고 살아가는 우리가 앓고 있는 병을 「가면 우울증」이라고 진단한다. 거기에 "거미줄처럼 얽힌 기억의 행간"에서 들여다보며 하나의 증세로서 "눈 속에 바다가 고여 있다"고 기록하며 "센티멘털과 멜랑콜리를 극복하지 못해 사유의 연하곤란증"을 앓고 있다고 파악한다.

내 몸은 공갈빵처럼 부풀었어요
간교한 립스틱
발기한 비곗덩어리
낙태한 심장까지
수은온도계처럼 충혈된 욕망의 피톨들로 가득 찼어요
중독된 항문에 바리움을 넣고 물구나무서기를 해요
적당히 간이 밴 불안이 몸 밖으로 솟구쳐요
목에 두른 광기가 붉은 스카프처럼 펄럭여요

무녀처럼 몸을 떠는 그녀의 말을 간신히 받아 적었다

온통 지뢰밭인 유년으로부터 탈출하세요
당신은 스스로 상처받는 자신을 딛고 일어서야 합니다

걸어서 당도할 수 없는 생生의 밑바닥까지 행진하세요

뿌리째 뽑힌 짐승의 신음 소리도

알 수 없는 바람의 힘을 빌려 먼지처럼 휘날립니다

죽은 가지만으로 안락한 집을 지으려거든

감수성의 관자놀이에

방아쇠를 당기세요

내 정수리를 뚫고 지나가는

섬뜩한 칸나의 입술

확인 사살 같은

―「문진問診」 전문

    이 시편은 문진 간 의사와 환자 사이에서 벌어지는 에피소드를 소재로 하고 있다. 1연에서 공갈빵처럼 몸이 부풀어 오르는 화자는 신병이 걸린 무녀와 같이 빙의된 채 주문을 외운다. 이는 외적 인격과 내적 인격이 다르게 나타나는 현상으로서 여성 안에 있는 남성성이 지배적으로 드러난다. 이때 화자의 말은 여성적이란 사회적 통념을 넘어 원초적인 언어가 살갗을 뚫고 나오는 무의식의 언어라고 할 수 있다. 어쩌면 남성으로부터 억압당한 무의식이 충혈된 언어로 쏟아져 나오는 것과 같다. "발기한 비곗덩어리"라는 날이미지의 심상은 아이러니하게도 남성의 거친 어조로 나타나며 "낙태한 심장"이 "욕망의 피톨들"이라는 이미지로 표출된다. 또한 "중독된 항문" "적당히 간이 밴 불안" "목에 두른 광기" 등의 시어는 남성이 화자에게 행한 고통과 공포의 시간들을 묘사하는 대목이다. 이렇게 "무녀처럼 몸을 떠는 그녀의 말"은 목구멍에서 억압을 분출하는 실재계의 소리가 아닐 수 없다. 3연에서 "온통 지뢰밭인 유년으로부터 탈출하세요/ 당신은 스스로 상처받는 자신을 딛고 일어서야 합니다"라고 말하는 화자의 전언은 내담자에게 하는 분석자의 진단이고 처방이다.

시적 대상자의 내면을 치유하기 위해서는 "걸어서 당도할 수 없는 생生의 밑바닥"까지 가야 하는 고통이 남았으며, 억압적으로 그녀의 살갗을 찢고 들어온 것 같이, 그녀는 다시 기억 속으로 "감수성의 관자놀이에/ 방아쇠를" 당겨서 기억을 살해하는 차원에서 돌이킬 수 없는 간격에 반어적 봉합을 시도하고 있다. 이처럼 육체로 고통당한 주체들의 "몸의 태엽을 풀자 곳곳에서 바늘이 쏟아져 나왔다"(「통증 클리닉」) 바늘은 살 속을 파고드는 억압으로써 누구에게도 위탁할 수 없는 근원적인 '십자가의 고통'이 아닐 수 없다.

4.

위와 같이 김연종의 시 의식은 신체로부터 육화된 그로테스크한 이미지로 각각 뼈와 살의 속성과 함께 '존재의 근원성'을 드러난다. 그러면서 인간의 가장 본질적인 것에 맞닿아 있는 무의식의 욕망을 형상화하고 있다. 이 욕망은 살

속의 뼈, 뼈 밖의 살의 경계와 그 사이 빈 공간에서 맴도는 실재계를 언어적 증상으로 담아내는 데 주력한다. 이것은 주체의 징후를 사유하기 위한 언어적 열의로서 신체 기관을 통해 존재의 부분을 전체로 확대시키기도 하고, 전체를 단위로 절사하기도 한다.

한편 지금까지 살펴본 뼈와 살은 고체의 속성을 가지지만 피는 액체라는 점에서 대립적인 형태로서 살과 뼈에 생명력을 전달한다. 피는 뼈와 살, 혹은 살과 뼈에 종속된 것이 아니라 그 속에 상호 삼투되어 생기를 불어넣고 교감함으로써 의미화되고 의식화된다. 혈연을 강조하는 숙명적 공동체는 "피를 나누었던 형제들"(「카우치에서 우물에 빠지다」)이라는 말로 결속력을 가지며 모든 것이 거기에서 비롯되어 직계적인 계통을 지니듯이, 혈통은 위에서 아래로 연결된 핏줄의 순환이며, 피의 결합이라고 할 수 있다. 나아가 "피를 수혈받았어 목을 빳빳이 쳐들고 붉은 혀를 날름거리는 화사花蛇의 버튼"(「형형 성에서 온 스팸메일」)과 같은 구절에서 알 수 있듯이, 신체의 심장과 혈관으로 연결된 피는 신화적 상상력을 통해 인류의 기원을 시사하기도 한다. 물론 시인에게도 피는 "죽은 문장에 밑줄을 긋는다 문사철의 스키드 마크에 뜨거운 피를 덧칠한다"(「불면 클리닉」)와 같이 영혼 없는 죽은 문장도 인문학적 상상력으로 환생시킨다는 것이다.

피를 나누기 시작하면서 이식의 삽날은 골수까지 번졌다
또 다른 생生을 위해 마지막까지 피를 아끼던 장기가 목을 축이고 있다 항생제와 면역억제제를 지느러미처럼 몸에 두르고 생체리듬을 고른다 익스프레스 팀장 같은 의사가 수신호를 보내자 팔딱거리던 숨소리가 가늘어진다 생존의 어떤 이론이 파도처럼 타올랐을까 싱싱한 아가미가 수족관에 납작 엎드린 채 면역의 비늘을 샅샅이 제거하고 있다 혼탁한 렌즈를 갈아 끼우고 한 쌍의 콩팥을 나눈다 낡은 간의 일부를 채워 넣고 마지막 심장까지 교체하지만 끝내 속일 수 없는 것은 서로의 피 맛인가 바다의 숨소리까지 함께 나누었지만 파고의 주파수는 섞이지 않는다

　장기 매매 스티커가 낚싯바늘처럼 널려 있다

　　　　　　　　　　　　　　　　—「이식론論」 전문

　앞서 언급한 생명의 긍정성과 달리 이 시편에 나타난 피는 불법 장기이식을 소재로 부정적인 형태를 보인다. 시인은 장기 매매라도 해서 살아가야 하는, 매도자와 매수자 사이에서 자본의 문제와 생명의 문제를 수술실에 펼쳐진 광경으로 면밀하게 기록한다. 이 같은 욕망이 배태한 불법 수술대에는 장기를 이식하는 자와 이식받는 자가 나란히 누워 "피를 나누기 시작"한다. 그리고 불법과 불법 사이 "익스프레스 팀장 같은 의사가 수신호"를 하며 의사의 주도로 불법 의료행위가 행해진다. 수술대에 있는 환자는 수족관에 엎드려 있는 물고기로 묘사되면서 "면역의 비늘" "혼탁한 렌즈" "한 쌍의 콩팥" "낡은 간" "심장" 등에 순차적으로 시술이 진행된다. 그러나 문제는 피와 피가 섞이지 않는 파

란의 조짐을 보이는데, 이것은 "피"와 "바다", "파고"와 "주파수"가 섞이지 않듯 자본과 결탁한 생명에의 모순적 욕망에서 비롯된 세계의 문제의식을 도출한다.

우리는 그의 시를 통해 생명의 본질이 피와 같이 신성해야 하며, 그것이야말로 피와 더불어 뼈와 살과 정신을 이루는 존재의 근원성이라는 사실을 알게 된다. 또한 신체 기관의 부분과 전체를 통해 보여 주고자 하는 것은, 그의 시에서 일정한 도식이 통일적으로 전제되어 있다는 것이다. 그러한 신체도식을 해부학적으로 에스키스하면서 우리는 타자화된 신체 기관으로 '주체의 증후'를 감각하고 사유하게 되는 것이다.

"우리의 행위가 존재로 인해 우리에게 속하는 어떤 것으로 인식된다. 우리의 행위의 이러한 '부산물'에 대한 라캉의 명칭이 대상 소문자 a, 보물인데, 그것은 우리 속에 있는 우리 자신 이상의 것이다"* 게게인미디 자신에게 속한 신체도식을 해부학적으로 보여 주는 시적 부산물은, 빈 공간에서 실재계로 작동하며, 보로메오 매듭을 향한 '전위적 오브제 a'라고 할 것인 바, 김연종 시인의 이번 시집 『청진기 가라사대』는 그것을 실증해 주고 있다.

---

* 슬라보예 지젝, 『삐딱하게 보기』, 김소연 외 역, 시각과 언어, 1995, 158쪽.